MW00714423

EL BARCO DE VAPOR

# Maxi presidente

Santiago García-Clairac

Dirección editorial: María Jesús Gil Iglesias
Colección dirigida por Marinella Terzi

© del texto y las ilustraciones: Santiago García-Clairac, 2002
© Ediciones SM, 2002
    Joaquín Turina, 39 - 28044 Madrid

Comercializa: CESMA, SA - Aguacate, 43 - 28044 Madrid

ISBN: 84-348-8697-9
Depósito legal: M-11458-2002
Preimpresión: Grafilia, SL
Impreso en España / Printed in Spain
Orymu, SA - Ruiz de Alda, 1 - Pinto (Madrid)

No está permitida la reproducción total o parcial de este libro, ni su
tratamiento informático, ni la transmisión de ninguna forma o por
cualquier medio, ya sea electrónico, mecánico, por fotocopia, por re-
gistro u otros métodos, sin el permiso previo y por escrito de los
titulares del copyright.

*A Ángel Marrodán*

# 1

ME llamo Maxi y os voy a contar una aventura que me ha ocurrido.

Bueno, no sé si es una aventura o una tontería, pero a mí me gusta pensar que es una historia de esas que se pueden escribir en un cuaderno.

Como los aventureros de verdad, que escriben todo lo que les ocurre para que no se les olvide nada. O como mi padre, que cada vez que le toca ir al supermercado, hace una lista de lo que debe traer... Incluso así se le olvidan muchas cosas.

Mamá no sabe nada de mi vida aventurera. Cree que soy uno de esos niños aburridos que no viven historias y que solo me gusta quedarme en mi habitación leyendo libros y tebeos.

A muchos aventureros les pasa eso: que parecen personas tranquilas y luego ¡zas!... De repente se transforman en héroes. Como Superman, que trabaja de periodista y nadie, ni siquiera su novia, sabe que en realidad es un superhombre que salva al mundo de graves peligros.

A Indiana Jones le ocurre lo mismo: es un profesor de una universidad y cuando surge la ocasión ¡plaf!, coge su látigo y su cazadora y se va por ahí a buscar tesoros.

Hay muchos más que llevan doble vida: Batman, Spiderman, el Zorro...

¿Seré yo igual que ellos: un niño tranquilo en casa y un intrépido aventurero en la calle?

Esa pregunta me la hice ayer por la noche, cuando volvía a casa después de que Lily me dijera aquella frase tan importante que luego escribí en mi diario: «Maxi, eres el aventurero más valiente y generoso que conozco».

Eso es lo que dijo: generoso, valiente y aventurero. Y lo dijo porque quiso y porque lo piensa. Lo dijo sin que yo se lo pidiera ni nada.

Lily no diría una cosa así sin tener un buen motivo, así que os voy a explicar lo que ocurrió.

Todo empezó ayer por la tarde, cuando estaba leyendo tranquilamente un libro en mi habitación y mamá me llamó:

—¡Maxi!... ¿Puedes venir un momento, por favor?

—¡Ahora no puedo, mamá! –respondí, tratando de no distraerme de la lectura–. ¡Espera un poco!

—¡Es que te llaman por teléfono! –insistió.

—¡Ahora no puedo ponerme!

—¡Haz el favor de venir ahora mismo a atender esta llamada antes de que me enfade! –ordenó en un tono de esos que me conviene obedecer.

La conozco muy bien y sé que cuando se pone así es mejor hacerle caso, igual que hace papá. Así que dejé el libro sobre la cama y me fui a la cocina. Papá, que estaba sentado, escribiendo algo en un papel, levantó la cabeza al verme y me guiñó un ojo. Mamá me dio el teléfono.

—¡Hola!... ¿Quién es? –pregunté.

—¿Maxi?... Soy yo, Lily.

Al oír su voz, sospeché que la tranquilidad había terminado.

—¿Qué quieres? –pregunté tímidamente.

—Estoy aquí abajo, esperándote –respondió–. Baja enseguida.

—Es que no puedo... Estoy muy liado con los deberes.

—Déjate de tonterías y baja ahora mismo... Los demás nos están esperando –dijo.

—Es que...

—Ni es que, ni nada... Hoy vamos a votar para elegir al jefe de los Tiburones y necesito que me apoyes.

—¿Quieres que te vote para que te nombren jefe de los Tiburones? –exclamé.

Lily es un poco cabezota. Si se le había metido en la cabeza convertirse en la jefa de los Tiburones de Cuatro Caminos, nadie le podría hacer cambiar de idea.

—Voy a ser la jefa de los Tiburones –afirmó–. Pero necesito tu apoyo, así que te espero aquí ahora mismo –dijo antes de colgar el teléfono.

Me imaginé a todos mis amigos obedeciendo las órdenes de Lily. Durante un momento pensé si no me convenía más borrarme de la banda de los Tiburones.

En ese instante papá se levantó con el papel en la mano.

—Ya tengo la lista de la compra completa –dijo con alegría–. Creo que lo he apuntado todo.

Papá y mamá tienen la costumbre de hacer la compra un día a la semana, y ayer era ese día.

—Maxi, si quieres, puedes acompañarme –propuso papá–. Te compraré un regalo de los que a ti te gustan...

—Bueno, el caso es que... Verás, Lily me está esperando abajo. Hemos quedado con los del grupo para...

—Venga, anda, deja al niño que se vaya a jugar con sus amigos –intervino mamá–. No necesitas ayuda para hacer la compra.

—Me gustaría ir contigo, papá –expliqué–. De verdad... Pero no puedo.

Papá me miró con resignación. Esa es la expresión que pone cuando mamá le dice que haga alguna cosa que no quiere hacer pero que no le queda más remedio que hacerla.

—Bueno, está bien –dijo–. Iré yo solo.

—Bajaremos contigo en el ascensor –anunció mamá–. Así me puedes llevar hasta la tienda de decoración donde voy a hacer un reportaje.

—Id bajando vosotros –propuse–. Yo iré un poco más tarde.

—Ni hablar, no me gusta que te quedes en casa solo –respondió mamá.

Aunque me lo explicara mil veces no

sería capaz de comprenderlo: resulta que no le gusta dejarme solo en casa pero le encanta que salga a la calle, que es mucho más peligroso. Entender a los padres es muy complicado.

Como estaba claro que no me serviría de nada discutir, me preparé para salir.

—Oye, ¿te has acordado de apuntar las chuletas de cordero? –preguntó mamá mientras bajábamos en el ascensor.

—Claro que sí –respondió papá.

—Bien, y sobre todo no te olvides del salmón –insistió mamá.

—Tranquila, ya verás como lo hago bien.

Aproveché la ocasión para hacer una pregunta que me inquietaba desde hace mucho tiempo.

—Papá, ¿por qué los niños no pueden bajar solos en el ascensor? –pregunté, señalando el cartel de prohibición.

—Pues... Por si hay algún accidente –respondió.

—¿Con las personas mayores no hay accidentes?

—Bueno, verás... Es diferente. Si el ascensor se estropea y se detiene entre dos pisos, una persona mayor sabe lo que tiene que hacer. ¿Comprendes, hijo?

—¿Y qué tiene que hacer? –quise saber.

—Pues... Tocar el timbre de alarma –dijo, rozando un timbre rojo–. Y esperar tranquilamente a que vengan a socorrerle.

—¿Quieres decir que un niño no sabría apretar ese timbre rojo y esperar tranquilamente? –insistí.

Papá tiene poca paciencia, y cuando las cosas no van como él quiere, se pone nervioso. Muy nervioso.

—¡Maxi, no insistas!... ¡Está prohibido

que los niños bajen en el ascensor!...
¿Entiendes? –dijo un poco excitado–.
¿Lo has entendido?

—Sí, papá –respondí suavemente.

El ascensor se detuvo en la planta baja
y papá abrió la puerta.

Miré hacia la calle esperando ver a
Lily, pero no la encontré. Pensé que, a
lo mejor, se había marchado a su casa y
que la votación para elegir un jefe... o
una jefa... se iba a retrasar.

—Maxi, si quieres, puedes quedarte
con Plácido hasta que aparezcan tus ami-
guitos –dijo mamá, dándome un beso–.
Hasta luego, hijo.

—Hasta luego, Maxi –dijo papá–. No
vuelvas demasiado tarde. Y pásatelo bien
con tus amigos los Dormilones.

—Los Tiburones, papá, que nunca te
acuerdas –le corregí.

Se agarraron del brazo y salieron del
portal.

Iba a estar solo durante un par de horas. Igual que los héroes de mis tebeos: libre para hacer lo que quisiera. Aunque, con un poco de suerte, no me iba a pasar nada, ya que pensaba quedarme en la garita de Plácido y esperar tranquilamente a que volvieran. Al fin y al cabo, dos horas pasan rápido.

—Hola, Maxi –dijo una voz conocida a mi espalda–. Creía que no ibas a bajar nunca.

Antes de mirar, ya sabía de quién era esa voz.

—Hola, Lily –dije.

En ese momento, Plácido salió de su garita y nos miró severamente.

—¿Habéis bajado otra vez solos en el ascensor?

—No, he bajado con mis padres –respondí–. Acaban de salir ahora mismo.

—Y yo he bajado con mi vecina, la señora Chacón –explicó Lily.

Plácido se quedó un momento pensando en lo que le habíamos dicho.

—Ya les preguntaré luego a tus padres –dijo, señalándome con un dedo–. Espero que no me hayas engañado. Y no te creas que porque un día me hiciste un regalo vas a hacer lo que te dé la gana... ¿Entiendes, pequeñajo?

En ese momento, Lily me agarró de la mano y, tirando de mí con fuerza, me arrastró hasta la calle.

# 2

Los Tiburones nos esperaban en la esquina de la plaza de Cuatro Caminos. Cuando nos vieron, nos saludaron con la mano. Todos menos Calderilla.

Calderilla estaba enfadado con Lily porque le había pegado un bofetón y le había destituido como jefe para ponerse ella. Por eso, Calderilla no la saludó ni nada.

—¿Quién falta? –preguntó Lily.

—Emilio y los hermanos Montero –respondió Belén, que estaba de acuerdo con Lily y que fue la primera en rebelarse contra lo que ellas llaman "el poder de los chicos".

Belén y Lily son muy raras. Por un lado, suelen discutir entre ellas, pero cuando una regaña con un chico, siempre se dan la razón y se apoyan. Es algo misterioso que no acabo de comprender.

—Bien, pues vamos a ir preparando la votación –anunció Lily–. Hoy tenemos que elegir una nueva jefa.

—Oye, que también se puede elegir un nuevo jefe –protestó Calderilla.

—Bueno, eso ya se verá –intervino Belén–. Que también nosotras tenemos derecho a mandar.

¿Veis lo que os decía?... Pues eso pasa siempre.

—¿Y cómo vamos a votar? –pregunté–. Tenemos que hacer unas votaciones democráticas.

—¿Eso qué es? –preguntó Calderilla,

que no va al colegio y sabe poco de estas cosas modernas.

—¿Y tú quieres ser el jefe de los Tiburones? –dijo Belén con ironía.

Bueno, tengo que explicar que Belén está enfadada con Calderilla porque él la obligó a ser su novia y ella no quería, pero tuvo que obedecer para que Calderilla la dejara pertenecer a la banda. Y luego, el otro día, ella se rebeló y fue la que organizó el follón de cambiar de jefe. Por eso, Calderilla también está enfadado con ella. O sea, Calderilla está enfadado con las dos chicas del grupo.

—Yo estoy de acuerdo con ella –dijo Jaime, que quiere ser novio de Belén, pero ella no quiere y él está enfadado con Calderilla porque piensa que tiene la culpa de que ella no quiera ser su novia. ¡Un verdadero lío! El caso es que Calderilla tiene a Jaime en su contra, lo cual me hace pensar que va a obtener muy pocos votos a su favor. De momento, ya tiene tres en contra.

—La democracia es algo muy serio –explicó Belén–. Y no se puede hacer nada que no sea democrático.

—¿Y esto es democrático?... –la amenazó Calderilla, enseñando la mano abierta.

—La democracia sirve para que todo el mundo pueda decir lo que piensa –dijo Lily.

—Pues eso es lo que estoy haciendo –le respondió él, de bastante mal humor.

—Bueno, bueno... –dije para tratar de calmar el ambiente que se estaba poniendo de golpe de estado–. Vamos a organizar la votación, que por ahí vienen los otros.

Los hermanos Montero y Emilio estaban cruzando el semáforo y venían hacia nosotros.

—Hola, chicos –dijo José Montero, el mayor de los dos hermanos.

—¿No saludas a las chicas? –dijo Lily.

—Bueno, yo... quería decir hola a todos... –dijo titubeando y poniéndose colorado.

—Pues haberlo dicho –dijo Belén–. Podías haber dicho: Hola, chicas y chicos...

—Bueno, perdonadme. A partir de ahora diré «Hola a todos»...

—¡Y a todas! –le corrigió Belén.

—No, prefiero que diga: «Hola a todas y a todos» –explicó Lily.

—Yo estoy de acuerdo con eso –la apoyó Jaime, que, como siempre, estaba a favor de las chicas–. Me parece muy bien.

Yo creo que con decir simplemente «Hola» el problema se solucionaba, pero preferí callarme para no complicar las cosas.

Entonces, Calderilla explotó:

—¡Estoy harto de vuestras tonterías!... ¡Vamos a votar de una vez!

—¿Y cómo votamos?... ¿Hacemos papeletas? –preguntó el pequeño Montero.

—Que cada uno ponga el nombre de su candidato favorito en un papel y me lo entregue –ordené–. Después haremos el recuento. ¿Está claro?

—¿Se puede votar a uno que no sea candidato? –preguntó Emilio.

—Lo lógico es votar a los que se han presentado –le expliqué.

—Ya, pero si no me gusta ninguno ¿qué hago? –insistió.

—Hombre, puedes votar en blanco.

—No quiero. Yo quiero hacer un voto útil –insistió.

—¿Y por qué no te gustamos los candidatos? –intervino Calderilla.

—Eso... ¿Qué tengo yo de malo para que no me votes? –quiso saber Lily.

Me di cuenta de que tenía que intervenir con rapidez, ya que el proceso electoral estaba en peligro. Y solo de pensar en que a lo mejor tendríamos que empezar de nuevo, se me ponían los pelos de punta.

—¡Un momento!... Voy a aclarar las cosas: cada uno vota a quién quiera, tanto si es candidato como si no. Y el que obtenga más votos, será el presidente.

—¿Por qué dices *el* que obtenga más votos? –preguntó Belén.

—Perdón, perdón... He querido decir *el* o *la* que obtenga más votos –aclaré.

—Bueno, eso está mejor –reconoció.

—Ahora, que cada uno se retire a deliberar. Que apunte en un papel el nombre que quiera y dentro de cinco minutos me lo tiene que entregar... ¡Y se acabó!... ¡No quiero oír ni una palabra más!... –expliqué con firmeza, igual que

28

hacen las personas mayores cuando dicen algo y no quieren que nadie les discuta.

Debí hacerlo bien porque me hicieron caso.

No habían pasado todavía los cinco minutos cuando ya me habían entregado todas las papeletas. Entonces les expliqué la situación:

—Bien, ahora, para que todo resulte legal, voy a leer las ocho papeletas. Alguien apunta en la pared los nombres que voy a decir y luego contaremos los votos... ¿Quién tiene una tiza o algo para escribir?

—¡Yo tengo una tiza! –gritó José Montero.

—¿Y por qué tienes una tiza si no estamos en el colegio? –quiso saber Emilio.

—Pues mira... Es para hacer una raya

cada vez que me hacen una pregunta tonta –respondió.

—¡Atención!... –grité, antes de que empezaran a discutir–. ¡El primer voto es para... Lily!

Algunos aplaudieron y Lily empezó a dar saltos de alegría. José Montero escribió el nombre de Lily en la pared y puso un palito.

—¡El segundo es para... Lily!

Otra vez los mismos aplausos. Otro palito para Lily.

—El tercero... ¡Calderilla!

Esta vez hubo menos aplausos. José Montero escribió el nombre de Calderilla y le dibujó un palito.

—El cuarto voto es para... ¡Calderilla!...

—¡Vamos empatados! –gritó.

Lily empezó a enfadarse, así que procuré no mirarla. Abrí otra papeleta:

—El quinto voto es para... ¡Belén!

Lily, Belén y Jaime aplaudieron con fuerza. Tenían motivos para estar contentos: Belén tenía un voto y ni siquiera se había presentado.

—¡Atención!... –grité–. ¡El sexto voto es para: ¡Maxi!... ¿Para mí?

Algunos aplaudieron, pero yo me quedé muy desconcertado. José Montero escribió mi nombre en la pared y gritó:

—¡Un voto para Maxi!

¡Pero si ni siquiera me había presentado como candidato!

Abrí otra papeleta, la leí y dije:

—Mmmm... Bueno, también es para mí... Lo digo de verdad...

Así son las cosas a veces... Te presentas y no te votan, no te presentas y te votan. No hay quien lo entienda

—¡Toma ya!... ¡Dos votos! –gritó Calderilla, muy extrañado.

Me temblaba la mano cuando desdoblé la última papeleta.

—El octavo voto es para... ¡Belén! –exclamé–. ¡Hay cuatro candidatos empatados!

Todo el mundo se quedó callado, pensando en la votación.

—¡Estamos empatados! ¡Los cuatro! –dijo Calderilla con decepción.

—¿Y a mí no me ha votado nadie? –preguntó el pobre Jaime.

—Y ahora... ¿Qué hacemos? –quiso saber Emilio–. No podemos tener cuatro jefes.

—Pues tendremos que votar otra vez –sugirió alguien.

—¿Para qué vamos a votar si va a salir lo mismo? –dijo José Montero.

—Pues por si alguno cambia de idea y me da a mí su voto –respondió Lily.

La verdad es que todo se había complicado con esos votos tan raros.

—¡Escuchad! ¡Lo mejor será hacer una prueba entre los cuatro ganadores para que desempaten! –propuso José Montero.

Lily y Belén se miraron. Calderilla me miró y yo le miré a él después de mirar a Jaime. Emilio miró a Jaime y luego miró a José Montero. El pequeño Montero me miró y yo volví a mirar a Lily. Comprendí que estábamos de acuerdo.

—¿Y qué prueba es esa? –preguntó Belén.

—Una prueba de fuerza –sugirió Calderilla.

—Yo prefiero una de inteligencia –propuso Lily–. Así verás lo que es bueno.

—Creo que podría ser una carrera –se me ocurrió decir–. Una carrera desde aquí hasta aquella esquina. El primero... o la primera que llegue... ¡Gana!

Otra vez lo de las miradas.

—A mí me parece bien –dijo Calderilla.

—A nosotras también –dijeron Belén y Lily.

—Pues, bueno, yo también estoy de acuerdo –comenté.

Como todo el mundo estaba de acuerdo, no hubo más discusiones. Ahora se trataba de organizarlo todo muy bien para que no hubiera problemas y luego nadie dijera que si se habían hecho trampas y cosas de esas.

José Montero propuso las reglas del juego:

—En cuanto yo cuente tres, salís corriendo hasta la esquina. Allí estará Jaime, y tenéis que pasar detrás de él y volver hasta aquí. El primero... o la primera que coja el pañuelo de mi mano, será el presidente... o la presidenta de los Tiburones. ¿Vale?

Aunque no respondieron con mucho entusiasmo, aceptaron las reglas del juego. Creo que a ninguno le gustaba mucho eso de hacer una carrera para ser el jefe de los Tiburones.

De todas formas, nos preparamos rápidamente y en poco tiempo estábamos listos para empezar la carrera.

# 3

Estábamos en tensión... José Montero empezó a contar:

—¡Preparados! ¡Uno! ¡Dos! ¡Y tres!

Los cuatro salimos volando como flechas. Al principio íbamos iguales... Luego, Calderilla empezó a tomar ventaja. Pero eso duró poco: Lily le adelantó y le dejó atrás. Belén, que iba la última, me alcanzó. Entonces me piqué y me puse a correr con más fuerza. De repente, me habían entrado ganas de ganar.

Jaime animaba a Belén y los otros

nos animaban a los demás, aunque no sería capaz de decir quién me animaba a mí. Fue entonces cuando pensé en los que me habían votado y cogí más fuerzas.

Lily corría y corría sin cesar. Calderilla iba detrás y no podía adelantarla... Belén alcanzó a Calderilla y yo los alcancé a los dos... Y los adelanté. Me puse a la altura de Lily justo cuando estaba a punto de llegar a la meta y ya íbamos a llegar cuando, de repente, Belén y Calderilla nos alcanzaron... ¡Y llegamos los cuatro a la vez!

José Montero se quedó de piedra. Yo también, y Lily... Bueno, la verdad es que todos nos quedamos de piedra. Fue una sorpresa tan grande que nos quedamos sin palabras.

Lo único que se me ocurrió fue acercarme a Lily.

—Te felicito –le dije–. Has ganado.

—Sí, y tú también, y Belén...

—¡Y yo! –protestó Calderilla–. ¡También he ganado!

Entonces me fijé en Lily. Parecía que no se encontraba bien. Estaba un poco pálida.

—¿Qué te pasa? –le pregunté.

—Nada... El tobillo, me duele un poco –respondió.

Belén se acercó y miró.

—¡Está hinchado! –dijo en tono de alarma.

—¿Qué le pasa? –preguntó Jaime.

—Nada, que creo que me he torcido el tobillo durante la carrera –explicó–. No es nada...

—¿Te duele? –pregunté.

—Mirad... Se le está poniendo morado –dijo Belén.

—Eso es porque se ha partido el hueso y habrá que operarla –explicó el pequeño Montero.

—No seas tonto –le dijo Emilio–. Un hueso no se rompe tan fácilmente.

Calderilla se acercó.

—Así no podrás ser presidenta ni nada –dijo.

—Mira que eres bruto –dijo Belén–. Ahora no hay que pensar en eso.

—¿En qué hay que pensar? –quiso saber el pequeño Montero.

—Pues en curarla, tonto. En curarla.

—Tiene el tobillo torcido –dije–. Habrá que hacer algo.

—Sí, llevarla a su casa –propuso Belén.

—No hay nadie en mi casa –respondió Lily–. Y mis padres volverán tarde.

Eso era un problema. No podíamos quedarnos ahí sin hacer nada hasta que llegara su madre. Podía empeorar.

—Deberíamos llevarla a Urgencias –propuso José Montero, que hasta ese momento no había dicho nada.

—¿Y dónde está Urgencias? –preguntó el pequeño Montero.

—¿Y quién la lleva? –dijo Belén.

—¡Yo la llevaré! –grité.

—No, de eso nada: te acompañamos todos –dijo Belén.

—Iremos contigo –dijeron Emilio, Jaime y los hermanos Montero.

—¿Todos? –pregunté.

—Claro, para eso somos de la banda de los Tiburones, ¿No?

—Claro –dije–. Es verdad.

Me acerqué a Lily, dispuesto a ayudarla.

—Vamos, levántate y apóyate en mi hombro –dije–. Enseguida llegamos al hospital y te curarán.

Con la ayuda de los otros, logró ponerse en pie. Se apoyó sobre mí y empezamos a caminar.

—Eso le pasa por querer ser la jefa de los Tiburones –dijo en ese momento Calderilla–. Las chicas no sirven para estas cosas.

Lily, que le oyó, se encaró con él.

—¿Qué has dicho?... ¿Acaso te crees más fuerte que yo?

—Oye, muñeco –dijo Belén–, si quieres puedes enfrentarte conmigo.

Calderilla se quedó paralizado. Belén estaba verdaderamente furiosa con él.

Aproveché que el semáforo estaba verde para los peatones y le dije a Lily que hiciera un esfuerzo y que empezara a caminar.

Dando saltitos a la pata coja, logramos cruzar la calle antes de que el semáforo cambiara de color. Entonces miré hacia atrás y vi que Calderilla y

Belén seguían discutiendo mientras que José Montero, Emilio y los demás nos acompañaban.

—Vamos –ordené–, no perdamos tiempo.

Esa es una de mis frases favoritas que leo muchas veces en los tebeos de aventuras. Y por fin había tenido la oportunidad de decirla.

—¿Te duele mucho? –pregunté un poco más adelante.

—Bueno, un poco, pero puedo aguantar –respondió Lily.

—El hospital no está lejos –dije para animarla–. Ahí te curarán.

Me fijé en su cara y me di cuenta de que le dolía. Yo nunca me he torcido un tobillo ni nada, pero en aquel momento pensé que era mejor tener cuidado con lo que se hace. Mucho cuidado. Sin darte cuenta, puedes tener un accidente.

Enseguida llegamos al hospital. Había mucha gente, pero nadie nos hizo caso.

Un enfermero pasó por nuestro lado y levanté la mano para llamar su atención, pero ni siquiera me vio. Fue hasta la puerta, miró afuera y volvió a pasar cerca de nosotros sin mirarnos.

—Señor enfermero... –conseguí decir antes de que desapareciera.

—No nos hacen caso; como somos niños, se creen que no nos pasa nada –dijo Belén.

Lily y yo nos miramos un poco preocupados. Teníamos que hacer algo enseguida.

—¡Aayyyyyy! –empezó a gritar Lily–. ¡Aaaaaahhhhh!...

Se llevó las manos a la cabeza y todo el mundo se puso a mirarla.

—¡Aaayyyy!... ¡voy a desmayarme!... –dijo con voz temblorosa.

—¡Está muy mala! –chilló Belén.

—¡Tiene una pierna rota! –gritó Jaime.

—¡Le ha atropellado un camión! –anunció el pequeño Montero justo antes de que su hermano le tapara la boca.

—¡Voy a desmayarme! –avisó Lily, llevándose las manos a la cabeza.

Y empezó a tambalearse, como si estuviera perdiendo el equilibrio.

El enfermero que había pasado a nuestro lado unos segundos antes, se acercó con una silla de ruedas y la ayudó a sentarse.

—¡Tranquila! –dijo–. ¡Siéntate aquí, pequeña!

Lily se dejó hacer. Parecía una muñeca de trapo, de esas que se caen hacia todos los lados. Por un momento me preocupé un poco, aunque cuando la miré de cerca y vi su cara comprendí que estaba exagerando.

—Vosotros no podéis entrar –nos ordenó–. Esperad en la cafetería o en aquella sala.

—Yo tengo que acompañarla –dije–. Sin mí no puede hacer nada.

—Sí... quiero que venga conmigo –pidió Lily, con voz de moribunda– por favor...

El hombre no respondió y yo entendí que estaba de acuerdo, así que me agarré a la silla.

—¡Dejen paso! –gritó el enfermero, mientras empujaba la silla de ruedas–. ¡Esta niña necesita asistencia inmediata!

—¡Ha sufrido un accidente! –insistí–. ¡Le duele mucho!

Entramos en un despacho en el que había una señora con una bata blanca, que dejó de escribir para prestarnos atención.

—¡Una urgencia, doctora! –dijo el enfermero–. ¡Parece grave!

La doctora se acercó a Lily y le tomó el pulso.

—¿Qué te ocurre? –preguntó un poco alarmada–. ¿Has tenido un accidente? ¿Puedes respirar? ¿Puedes hablar?

—Bueno... –susurró Lily–. Es que... me he torcido el tobillo.

—¿Cómo? –exclamó la doctora–. ¿A eso le llamas una urgencia?

El enfermero nos miró con reproche y salió de la consulta.

—Bueno, está bien –dijo la señora–. Soy la doctora Martínez. Explícame con detalle lo que te ha ocurrido... Y procura no exagerar.

—Me duele mucho el tobillo –explicó Lily–. Creo que me lo he torcido mientras hacía una carrera con mis amigos los Tiburones.

—¿Corrías con tiburones?

—No, es que nos llamamos así –dije.

—Prefiero que hable ella –respondió la doctora Martínez–. ¿De acuerdo?

Después, se agachó y miró atentamente el pie de Lily.

—Túmbate en esa camilla –ordenó la doctora.

Lily obedeció sin rechistar, cosa que nunca le había visto hacer.

—Bien, veamos ese tobillo, dijo, mientras se ponía unos guantes.

Entonces, con mucha delicadeza empezó a tantear el tobillo.

—¿Te duele aquí?

—Mmmm... Un poco, de vez en cuando...

—¿Sí o no?

—Sí, sí, señora.

La doctora siguió tocando el pie de la pobre Lily que no se atrevía ni a quejarse, aunque a veces ponía gesto de dolor.

—¿Es grave? –preguntó finalmente Lily, muerta de curiosidad.

La doctora Martínez no respondió. Se levantó, se acercó a su mesa y apretó un timbre.

—¿Es grave? –insistió Lily–. Es que tengo que ir al colegio y...

—Y yo tengo que trabajar –respondió la doctora–. Y para hacer bien mi trabajo necesito hacerte una radiografía, ¿entiendes?

—Sí, señora... Perdone.

Me quedé sorprendido al ver la reacción de Lily. Jamás la había visto tan obediente.

La puerta se abrió y entró el enfermero de antes.

—Willy, haga el favor de llevar a esta jovencita a que le hagan una radiografía –ordenó tajantemente–. Luego me la vuelve a traer, ¿entendido?

—Sí, doctora. Yo me ocuparé de todo –respondió dócilmente.

Muy curioso lo de la doctora. Todo el mundo la obedecía sin rechistar. En el fondo, se parecía un poco a mamá, que nos manda a papá y a mí... Aunque ella tiene otro estilo. Me di cuenta de que saber mandar es algo especial. Debe de ser difícil.

## 4

EL enfermero, Lily y yo entramos en un gran ascensor que subía muy lentamente. Cosa extraña, ya que siempre había pensado que en un hospital la rapidez era muy importante.

—¿Los niños pueden subir solos en este ascensor? –pregunté.

—No, aquí solo pueden subir si van acompañados por alguien del hospital –respondió Willy.

—Pues no hay ningún cartel que lo indique –dijo Lily–. Así no hay forma de saber nada.

—Es igual, nadie puede subir en este ascensor si no está acompañado de un médico, un enfermero, un...

—¿Y de una enfermera? –preguntó Lily.

—Bueno, sí, claro, de una enfermera, de una médico, de una asistente, de una jefe de planta, de la jefa de enfermeras...

El ascensor se detuvo en el tercer piso.

—Chico –dijo Willy–, tú tienes que esperar aquí. No puedes entrar en la sala de radiografías.

—¿En el pasillo? –dije.

—Sí, mira, ahí hay una sala de espera –indicó–. Siéntate tranquilamente.

—Bueno, sí, es lo mejor –dije.

Mientras entraban, Lily me lanzó una de esas miradas suyas que dan confianza. Aunque nunca estoy seguro de si a quien quiere dar confianza es a mí o a ella.

Cerraron la puerta y me quedé solo en el pasillo.

No me convenía irme muy lejos ya que podían salir en cualquier momento. Por curiosidad, me asomé a la sala de espera.

Dentro no había nadie... Bueno, casi nadie. En un rincón, un señor mayor sentado en una silla parecía dormir.

Me di cuenta de que en los hospitales el tiempo pasa más despacio. Como si las agujas no se movieran o el tiempo estuviera enfermo y caminara sin prisas.

Había mucho silencio, y no se veía a nadie. Pasó un buen rato y ya empezaba a bostezar cuando, de repente, una niña apareció al final del pasillo, caminando muy lentamente.

Venía hacia mí, leyendo los carteles que había por todas partes: *Consulta. Planta 3.ª. No entrar. Prohibido fumar. Silencio. Siga la flecha. Ascensor de camilla. Radiografías. Cuarto sucio. Almacén.*

*Análisis. Subida. Bajada. Entrada. Salida. Prohibidas las visitas. Sala de espera. Sala de enfermeras...* Si los leías todos, podías estar horas.

Aunque lo más complicado no era leerlos, sino entenderlos. A ver: ¿qué significaba eso de *Silencio*? ¿Si a uno le dolía algo no podía gritar?

Estaba yo dándole vueltas a eso de los carteles cuando me di cuenta de que la niña estaba llorando y procuraba disimular para que no se le notase.

—Hola... ¿Te pasa algo? –le pregunté. Me miró, pero no dijo nada.

—¿Te encuentras bien? –insistí–. ¿Quieres que llame a un médico?

—Es que... yo soy perdido... –dijo entre sollozos.

—No entiendo. ¿Qué has perdido?

—A mí –respondió–. He perdido a mí. Yo no conozco dónde yo estoy.

—Pues, en un hospital. El hospital de Cuatro Caminos –le expliqué.

Me miró como extrañada. Dio media vuelta y empezó a alejarse de mí, llorando con más ganas.

Y eso me preocupó. La verdad es que siempre que veo llorar a alguien me preocupo. Incluso si se trata de alguien desconocido.

Así que me acerqué a ella e intenté consolarla.

—¿Vienes a hacerte una radiografía? –pregunté suavemente–. Es en aquella puerta.

—No –dijo secamente.

—¿Buscas a alguien? ¿Te puedo ayudar? –insistí.

Se detuvo y, sonándose con un pequeño pañuelo blanco, dijo:

—Estoy buscar a la mi mamá.

—¿Ha venido a hacerse una radiografía?

—No, venir a traer un niño –respondió.

—¿Ha venido con un niño?

—No, ha venido a traerlo al niño –explicó.

—Ya, comprendo –dije, aunque la verdad es que no comprendía nada–. A lo mejor te están buscando.

—No es posible. Tiene que traer al niño –dijo mirando los carteles que adornaban las paredes.

El señor que estaba en la sala de espera se asomó por la puerta.

—¿Pasa algo, niños? –preguntó.

—No, no, señor –dije.

—Pues a ver si dejáis de hacer ruido porque así no se puede dormir –protestó.

—Sí, sí, señor. Ahora nos callamos.

El hombre se retiró y volvió a su asiento.

La niña siguió su camino y yo no sabía qué hacer. Si me iba con ella y Lily salía y no me encontraba allí, esperándola, me iba a caer una regañina de mucho cuidado. Pero tampoco podía dejarla sola, así que...

—Oye, espera. Déjame que te ayude. ¿Cómo es tu mamá?

—Rubia, como igual que yo –contestó casi sin hacerme caso.

No era una niña muy habladora. Así no había forma de ayudarla ni nada.

—¿Y dónde crees que está? –pregunté.

—No lo saber, si saber yo estaría con ella –contestó.

Aunque no hablaba muy bien nuestro idioma, sabía responder con claridad. Incluso me sentí un poco mal por preguntar bobadas.

—Mira, ahí hay un directorio. Vamos a verlo –le propuse.

—¿Qué ser un directorio?

—¿No lo sabes?

—Si lo sabría, no lo preguntar —respondió.

Otra vez me había vuelto a pillar. Pero ya empezaba a darme cuenta de lo que pasaba: el truco consistía en no preguntar tonterías.

—Bueno, mira, un directorio es un cartel que indica dónde está cada cosa. Algo así como una lista de todos los departamentos del hospital.

Sonreí para hacerle ver que no estaba enfadado. Después miré el cartel.

—¿Por dónde quieres que empecemos? —dije.

—Por... Por donde tú decir.

—Bien. Mira: nosotros estamos en la tercera planta. Arriba del todo, en la sexta, está la de análisis; debajo, en la quinta, está la maternidad; en la cuarta está la de quirófanos; en la segunda está traumatología y en la primera, oficinas. ¿Dónde puede estar tu madre?

La niña levantó los hombros, dejando claro que no tenía ni idea.

—¿No estará en la cafetería que hay en la planta baja? –dije.

Pero ella hizo el mismo gesto que antes. Con lo cual, estaba claro que no tenía ni la más remota idea de dónde podía estar su madre. Y eso me resultó muy curioso.

Yo, por ejemplo, no sabía exactamente dónde se encontraba mi madre, pero suponía que estaba haciendo un reportaje en una tienda.

—Bueno, pues vamos a hacer una cosa –propuse–. Vamos a subir a la última planta e iremos bajando hasta que la encontremos. ¿Te parece bien?

Por primera vez sonrió. No mucho, pero, por lo menos, dejó de llorar.

—Pues no perdamos tiempo. ¡Subamos! Oye, por cierto, ¿cuál es tu nombre? Yo me llamo Maxi.

—Svenda –respondió–. Svenda Milopoff.

—¿Svenda?... Muy bonito... Pues Maxi y Svenda suben ahora mismo hasta el último piso sin rechistar y sin hacer ruido. ¿Te parece?

Sabía que me estaba metiendo en un lío. Estaba seguro de que, cuando saliera Lily y no me viera, tendría que darle muchas explicaciones. Pero ya estaba decidido: iba a ayudar a Svenda. Pasara lo que pasara.

A veces, la vida te obliga a hacer cosas que no están previstas, pero no puedes negarte a ayudar a alguien: es una regla de aventureros.

En aquel momento yo debía estar en mi casa, haciendo los deberes o leyendo

algún libro, pero mira tú por dónde, estaba ayudando a una niña de nombre muy raro a encontrar a su madre y a su hermano.

Subir escaleras es muy pesado, pero si encima tienes que hacerlo con alguien que no conoces, es peor. No sabes de qué hablar y todo se hace más difícil. Te cansas más.

Estábamos llegando a la sexta planta cuando ocurrió algo extraordinario.

—Oye, Maxi, gracias por acompañarme tú a mí –dijo Svenda.

Svenda había hablado sin que yo le hiciera ninguna pregunta. ¡Un milagro!

—Bueno, espero que encontremos a tu madre y a tu hermano –dije.

—O hermana –me corrigió.

—¿No sabes si es niño o niña? –pregunté.

—Mamá sabe. Yo no –contestó con esa manera tan suya de hablar.

—Svenda, ¿de dónde eres? –quise saber.

—De Rostov –contestó.

—¿Dónde está eso?... ¿En Galicia?

—Es un país muy lejano –insistió–. Un país del norte donde antes había zares y hace siempre mucho frío. En Rusia.

—¿Rusia? Oh, sí, ya sé dónde está –dije–. Cuando sea mayor iré a Rusia. Hay mucha nieve en Rusia.

Traté de recordar todo lo que sabía sobre su país, pero, la verdad, no conseguí gran cosa.

—Rusia, el país de los cosacos, del vodka, de Siberia –dije–. Es un gran país. Pero creo que hay muchos espías, ¿no?

—¿Qué ser espías? –preguntó Svenda.

—Pues un espía es un señor que se fija en lo que hace la gente y luego se lo cuenta a los de su país –expliqué–. Por ejemplo, un espía ruso se fija en cómo se hace la paella y luego se lo cuenta a sus jefes y después hacen paella rusa.

—Rusos no copiar –respondió–. En Rusia haber muchas cosas muy buenas.

—Bueno, no te enfades. No quería ofenderte, solo trataba de explicarte que es un espía.

—Ejemplo no bonito –dijo un poco apenada.

—Tienes razón, ha sido una tontería... Mira, ya hemos llegado.

Por fin habíamos llegado a la sexta planta: la de los análisis.

# 5

ABRIMOS la puerta y salimos al pasillo principal. Ahora había que buscar a los familiares de Svenda.

—¿Tienes padre? –le pregunté.

—Padre lejos, muy lejos –respondió–. Pero venir pronto.

Vimos dos enfermeras que se acercaban, así que, para disimular, nos sentamos en unas sillas de madera que había cerca. Las dos mujeres, que llevaban unos tubos de cristal con líquidos dentro, pasaron cerca de nosotros sin hacernos ni caso. Me resultó curioso que nadie prestara atención a dos niños perdidos en un hospital. Siempre pensé que en los hospitales estaba todo más controlado, pero resultó que no era así.

—Bien, Svenda, vamos a empezar a buscar a tu madre, ¿de acuerdo?

Svenda me miró con alegría. Siempre que nombraba a su madre, se ponía contenta.

Dimos algunas vueltas por la planta, pero no encontramos nada.

Nos metimos en todas las salas de espera, abrimos algunos despachos, vigilamos los ascensores, seguimos disimuladamente a las enfermeras, observamos a los médicos e hicimos todo lo que se nos ocurrió, pero fue en balde: la madre de Svenda no estaba allí.

Svenda estaba a punto de llorar y se sentía muy preocupada.

—No te preocupes –le dije–. Bajaremos a la otra planta. Ya verás como la encontramos.

Svenda era una chica valiente y decidida. No fue necesario repetirle la orden: se dirigió hacia la puerta de la escalera y la abrió.

Tardamos poco en llegar a la quinta planta. Ya se sabe que bajar es siempre más fácil que subir. Por eso algunos ascensores sirven solo para subir, pero no para bajar.

Apenas entramos, vimos un gran cartel que decía: "Maternidad".

—No creo que aquí la encontremos –dije, casi convencido de que no era el mejor sitio para buscar a una señora rusa.

Había mucha gente en los pasillos. Curiosamente, los hombres tenían cara de preocupación y caminaban nerviosamente, mirando al suelo, como buscando algo. Algunos tenían cigarrillos sin encender en los labios ya que un gran cartel indicaba que estaba terminantemente prohibido fumar... pero no decía nada de ponerse pitillos en la boca.

—Tranquilízate –le decía una mujer mayor a un señor que parecía a punto de comerse el cigarrillo–. Ya verás como todo va bien.

Pero el hombre no le hacía caso. Siguieron paseando en círculos y ni siquiera nos prestaron atención cuando pasamos a su lado.

De repente, un hombre salió de una habitación con cara de felicidad y lágrimas en los ojos, acompañado de algunas personas.

—¡Ha sido niño! –decía–. ¡Ha sido un niño!...

Los demás le felicitaron y le llenaron de besos y abrazos.

—¡Soy el hombre más feliz del mundo! –dijo mientras se sentaba, apoyando la cabeza entre las manos.

Alguien le trajo un vaso de agua. El hombre se lo tomó de un trago. Estaba tan contento que no se daba cuenta de lo que pasaba a su alrededor.

—Hombre contento de tener hijo –dijo Svenda.

—Sí, es un hombre feliz –confirmé–. No es habitual ver a la gente así de contenta.

—Yo también contenta cuando tenga hermanito.

—Sí, a mí me gustaría tener un hermanito, pero no sé si será posible –dije.

—¿Tener hermanito hoy? –preguntó.

—No, no... Digo que algún día...

—Yo creo tener hermanito o hermanita hoy –dijo.

—No, eso no es así. Tarda mucho en llegar –contesté–. ¿Entiendes?

No respondió. Creo que no me expliqué bien.

Nos metimos por un largo pasillo lleno de puertas. Había muchos carteles en las paredes que pedían silencio y lo prohibían todo.

Nos acercamos a una puerta entreabierta y asomamos la cabeza. Pero no había nadie, solo otra puerta con un cartel que decía: NO ENTRAR. Eso es justamente lo que nos animó a seguir adelante.

La abrimos y nos encontramos de repente en una sala llena de... ¡bebés!

Todos lloraban a la vez y había por lo menos... cien. O más. No sé, es difícil decirlo, ya que no pudimos contarlos; pero eran muchísimos.

Estaban en cunas y tenían una cinta con un número alrededor de la muñeca. No sé de dónde habían sacado a tantos niños. Lo que más me llamó la atención es que eran muy pequeñajos, como enanitos, minúsculos. No eran niños, eran niñitos. Parecían muñequitos de esos que venden en las jugueterías.

Svenda estaba tan asombrada como yo. Ninguno de los dos habríamos imaginado nunca que pudiera haber tantos niños pequeñajos en el mundo.

—¿Ves? Hermanitos para todos –dijo.

—No entiendo –dije–. ¿Qué quieres decir?

—Hay hermanitos para todo el mundo. Vienen al mundo para...

Claro, entonces me di cuenta: eran recién nacidos. Por eso eran tan... raros, tan pequeñajos.

—Oh, sí, claro... Son bebés, sí, ya entiendo –dije.

—No, tú no entiendes. Son hermanitos.

Una enfermera se acercó repentinamente.

—¿Qué hacéis aquí? ¿No sabéis que está prohibido entrar en este sitio? Salid de aquí antes de que llame al vigilante.

—Bien, bien, ya nos vamos –dije, temiendo lo peor. Desde aquella vez que me colé en el metro con Lily, tengo pavor a los vigilantes.

Salimos corriendo antes de que pasara algo irremediable.

Nos fuimos sin protestar y seguimos nuestro camino un poco desanimados. Bueno, la verdad es que estábamos muy desanimados.

Entonces topamos con otra enfermera.

—¿Buscáis a alguien, niños?

—Pues... Sí. Buscamos a la madre de esta niña –dije.

—¿Cómo se llama tu mamá?

—Svenda Milopoff –respondió mi nueva amiga.

La enfermera levantó una hojas del bloc que traía consigo y examinó una lista.

—No creo que esté aquí –dije–. No sabemos en qué planta está.

—Veamos... Martínez... Medina... Mi... Milopoff... Aquí está... Está en la habitación 702... Felicidades.

Y se alejó tranquilamente.

Buscamos rápidamente la habitación 702. Estaba al final, bueno, al principio, pero como nosotros estábamos al final, pues nos pareció que estaba lejos. Pero la encontramos. Sí, señor.

En la puerta había un cartel: Sra. Svenda Milopoff.

—Aquí está –dije–. Esta es la habitación de tu madre.

No sabíamos qué hacer, si entrar de golpe o llamar antes de abrir. Fue Svenda la que golpeó tímidamente la puerta.

—Adelante –dijo una voz de mujer.

Entramos y nos encontramos con una cortina que nos cerraba el paso. La descorrimos y vimos a una mujer acostada que nos miraba con interés.

—¿Mamá? –preguntó Svenda.

Hizo bien en asegurarse. La mujer estaba despeinada, tenía ojeras y, en ese momento, una enfermera le estaba poniendo el suero gota a gota y le tapaba casi la cara.

—¿Quién es? –preguntó la enfermera.

—Soy Svenda, la hija de...

—¡Svenda! –gritó la señora Milopoff, al reconocer a su hija.

Svenda se acercó a su madre y la agarró de la mano.

—¡Mamá! –exclamó Svenda.

—Cuidado con la cuna, pequeña –avisó la enfermera.

Entonces me fijé en que, al lado de la

madre de Svenda, en la cama, junto a ella... ¡había un bebé!

—¿Hermanito? –preguntó Svenda.

—Hermanita –respondió la madre–. Hermanita pequeña.

Svenda dio la vuelta a la cama mientras la enfermera, que había terminado su trabajo, salía de la habitación.

—No os quedéis mucho por aquí –dijo antes de irse–. Está muy cansada.

Svenda se acercó a la niña y cogió su minúscula mano con mucha delicadeza. Y sonrió.

Yo estaba un poco nervioso. No sabía qué hacer. Tenía la impresión de estar de más. Así que tomé una decisión:

—Bueno, yo me voy –dije–. Mucha suerte. Adiós...

Svenda apenas me hizo caso. Estaba atenta a su nueva hermanita.

Aproveché que nadie me prestaba

atención para salir de la habitación con la intención de ir a buscar a Lily. Ya había solucionado el problema de Svenda, así que no tenía nada que hacer en ese lugar. Misión cumplida.

Casualmente, dos señores estaban a punto de coger el ascensor y aproveché para entrar con ellos.

—¿Pueden pulsar el tercer piso, por favor? –pedí.

Uno de ellos me hizo caso mientras el otro lloraba a lágrima viva.

—Soy muy feliz –decía–. Soy muy feliz.

—Has tenido suerte –le respondió su amigo–. Nadie tiene tres hijas a la vez.

—Sí, es verdad. Tres hijas de una vez... ¡Madre mía! –exclamó el hombre.

El ascensor se detuvo en mi planta y salí rápidamente.

Entonces vi a Lily al fondo del pasillo, mirando hacia todas partes. Seguro que me estaba buscando.

—¡Lily, Lily! –grité.

El enfermero que la había atendido me hizo señas para que me callara.

—Aquí no se puede gritar –ordenó–. Estás en un hospital.

—Mira que te gusta llamar la atención –dijo Lily–. Siempre igual.

Estuve a punto de decirle un par de cosas, pero teniendo en cuenta dónde estábamos, preferí callarme.

—¿Dónde estabas? –preguntó–. Llevo un rato esperándote.

—¿Qué tal tu pie? ¿Te han hecho la radiografía? ¿Estás bien?

—Sí, no tengo nada roto. Me lo han vendado y ya puedo caminar. Tengo que llevar la venda durante un par de semanas.

—Uf, me alegro. Estaba muy preocupado por ti –dije–. De veras.

—Ya lo veo. En cuanto has podido, te has marchado dejándome sola aquí, con este señor.

—Bueno, chicos, yo me voy –dijo el enfermero–. Tengo mucho trabajo. Que os vaya bien.

—Adiós, y gracias por todo. Ahora bajamos a ver a la señora doctora –dijo Lily.

El hombre entró en el ascensor empujando la silla que había utilizado para transportar a Lily y desapareció.

—Bueno, cuéntame dónde has estado –quiso saber Lily.

—No he hecho nada importante. He estado en la sala de maternidad y he visto un millón de niños recién nacidos.

—¿Qué? ¿Qué dices?

—Pues eso, que...

—¿Y cómo se te ha ocurrido eso? –insistió.

—Pues, bueno... es que había una niña rusa que estaba perdida y la he acompañado hasta la habitación de su madre que acaba de tener un niño... no, una niña.

—¿Una niña recién nacida?

—Claro.

—¿Era guapa?

—Pues ahora que lo dices... No me he fijado mucho, pero creo que sí. Svenda estaba muy contenta.

—¿Quién es Svenda?

—La niña rusa. No te puedes hacer idea de las cosas que le han pasado.

—Ya, tú en cuanto conoces a alguien te crees que es extraordinario. Vives en la luna, ya te lo he dicho muchas veces. Anda, vamos a buscar a los demás, que deben de estar hartos de esperar... Tú y tus fantasías...

Se acercó al ascensor y lo llamó.

—Aquí tampoco podemos bajar sin estar acompañados de personas mayores –advertí.

—Ya, pero yo estoy enferma y no me conviene bajar por las escaleras con el pie así –respondió.

El ascensor llegó inmediatamente. Lily abrió la puerta para entrar en él, cuando alguien gritó mi nombre:

—¡Maxi, Maxi...!

Miré hacia atrás y vi a Svenda que venía corriendo hacia nosotros.

# 6

ME detuve en la puerta del ascensor.

—Espera –dije–. Es Svenda.

Lily miró con interés a mi nueva amiga.

—¿Así que tú eres la rusa que se ha llevado a Maxi de paseo? –dijo.

—¡Lily! –exclamé con disgusto–. No seas exagerada.

—Bueno, hombre, perdona...

—Svenda, ¿qué haces aquí? –pregunté.

—Es que... Me han dicho que no puedo quedarme en la habitación –explicó–.

Mamá tiene que dormir. Yo querer dar gracias a ti por ayudar...

—Bueno, no tiene importancia. Si quieres, puedes bajar con nosotros para conocer a nuestros compañeros –propuse.

Lily me miró de reojo.

—No sé si se sentirá a gusto con los Tiburones –comentó.

—¿Tiburones?

—No le hagas caso, son amigos nuestros –la tranquilicé–. Ven, que vamos a buscarlos.

Abrí la puerta del ascensor y la invité a pasar, después entró Lily y yo lo hice en último lugar. Una vez dentro, cerré la puerta y apreté el botón de la planta baja.

—Tranquilas. Si pasa algo y el ascensor se detiene o hay algún problema, yo sé lo que hay que hacer –dije, recordando las palabras de papá.

Llegamos a la planta baja sin incidentes. No pasó absolutamente nada y no tuve que intervenir. Nos dirigimos inmediatamente al despacho de la doctora.

—No es grave –explicó después de examinar las radiografías–. Debes llevar esta venda durante unos días. Te pondrás bien enseguida.

—¿Puedo llevar una vida normal? –preguntó Lily.

—Claro, pero no debes hacer esfuerzos. No es conveniente que hagas deporte. Las recaídas son muy malas.

—¿No puede correr? –pregunté.

—Si digo que no puede hacer esfuerzos es que no puede correr –respondió la doctora muy tajante.

Lily y yo nos miramos de reojo. Si no podía correr, no podíamos hacer el desempate. Menudo problema.

—Bueno, pues muchas gracias por todo –dijo Lily, poniéndose en pie.

—Tened cuidado –recomendó la doctora–. Los accidentes ocurren sin darse cuenta.

Salimos del despacho un poco abatidos. Estábamos francamente preocupados por la votación. Aunque, eso sí, contentos porque lo del tobillo de Lily no era grave.

Nos dirigimos a la sala de espera en busca de nuestros amigos, que nos estaban esperando.

Se habían instalado al lado de unas máquinas automáticas que venden bebidas, bollos, patatas fritas y otras cosas de comer. Emilio estaba echando unas monedas a la máquina de bollos de chocolate mientras que Jaime, el pequeño Montero y Emilio se comían a medias una bolsa de patatas.

—Es que tardabais mucho –dijo Emilio para disculparse–, y teníamos hambre.

—Aquí no se puede hacer otra cosa –confirmó Jaime–. Está todo prohibido.

—Es verdad, hemos intentado jugar al escondite y nos han regañado –explicó el pequeño Montero.

Belén se acercó a Lily y le preguntó:

—¿Cómo estás? ¿Qué te han dicho?

—¿Te van a cortar el pie? –preguntó el pequeño Montero.

—Bueno, no ha sido tan grave –respondió Lily–. Me han hecho una radiografía y me han vendado el pie. Ahora tengo que andar muy despacio para que se cure.

—¿Ya no puedes hacer carreras? –preguntó Jaime.

—¿Y el desempate? –preguntó Calderilla–. Si no puedes correr, quedas eliminada.

—Eso ya lo veremos, chaval –respondió Lily.

—Sí, ya lo veremos –dijo Belén.

Aunque nadie me hacía mucho caso, les presenté a Svenda.

—Esta es Svenda, una nueva amiga –dije–. Va a venir con nosotros.

Todos la miraron con curiosidad.

—¿Quién eres? –preguntó Emilio.

—Svenda, ¡bobo! –dijo Belén–. ¿No te lo acaban de decir?

—Es amiga nuestra y viene de Rusia –dije–. Acaba de tener una hermana y está muy contenta.

Belén se le acercó y le dio un beso en la mejilla.

—¿Es guapa tu hermana? ¿Cómo la vais a llamar? ¿No te gustaría llamarla Belén?

Svenda se sintió un poco agobiada por tantas preguntas y no se atrevió a responder.

—Bueno, venga, dejadla en paz –ordené.

—¿Y va a formar parte de la banda de los Tiburones? –preguntó el pequeño Montero.

—¿Te molesta? –dijo Lily–. A ti también te trajo Maxi y nadie protestó.

—Yo solo preguntaba...

—Pues eso. Si alguien tiene algún problema, que lo diga –dijo Lily.

—¡Yo! –gritó Calderilla–. Si viene con nosotros, tiene que votar.

—Oye, Svenda votará si quiere –le expliqué–. Y para que lo sepas, votar no es obligatorio.

—Pues no me parece bien –protestó Jaime–, si yo voto, ella también tiene que votar.

—Tiene razón...

—No tiene razón...

—Es obligatorio...

—El voto es libre...

Ya estábamos otra vez liados. Nadie se ponía de acuerdo.

—Niños, haced el favor de salir a la calle –ordenó un enfermero–. Ya os he dicho que aquí no se puede gritar.

—Eso, que salgan afuera, que llevan toda la tarde molestando –dijo un señor mayor, que parecía enfadado.

—Son unos gamberros, vienen aquí a molestar –dijo una señora que tenía los rulos puestos.

Lily se acercó y le dijo:

—No, señora, no somos gamberros. Hemos venido porque me he torcido un tobillo. Pero ahora ya hemos terminado y nos vamos. Pero que conste que no somos gamberros.

Dicho esto, se dirigió a la salida y todos la seguimos. Svenda dudó durante un momento, pero, al final, se vino con nosotros.

—Vámonos al barrio, que tenemos que terminar la votación –dijo Calderilla–. Se está haciendo tarde.

La verdad es que tenía razón: ya se estaba haciendo tarde y empezaba a ser la hora de volver a casa.

—Oye, Svenda, ¿te vienes con nosotros? –dijo Belén–. Nos gusta eso de que haya una chica más en la banda. Contigo seremos tres.

—No empieces a ganar votos para vosotras –dijo Calderilla.

—Solo ir con vosotros hasta aquella esquina. Tener que ir pronto a casa –contestó Svenda.

Algunos se iban haciendo amigos suyos, no sé si para que les votara, pero me pareció que la iban queriendo.

—Maxi –me preguntó Calderilla–, ¿tú crees que Svenda me votará si le digo que yo soy de una etnia minoritaria?

—¿Qué? ¿Qué es eso?

—Etnia minoritaria. ¿No sabes lo que es? –insistió.

—Bueno, no estoy seguro...

—Hombre, significa que soy de una raza diferente y que estoy en minoría ante vosotros –explicó.

—Oye, tampoco es eso –respondí–. Aquí te tratamos bien y te tenemos cariño. Nadie ha dicho nunca que seas inferior ni que estés en minoría.

—Ya, ya lo sé, pero es una manera de ganarme su voto... Como ella también es étnicamente diferente, pues a lo mejor se solidariza conmigo...

—Chico, no sé... Inténtalo, a ver qué pasa –le dije.

Decidido a ganar su voto, se lanzó a por ella.

Lily y Belén se me acercaron.

—Maxi, todo ha cambiado con la llegada de Svenda –dijo Lily–. Si ella vota, ya no puede haber empate.

—Bueno, pues mejor, así terminamos de una vez, ¿no? –expliqué.

—Ya, solo queda saber a quién votará –dijo.

—Pues votará a quién le dé la gana.

—A lo mejor sí, a lo mejor no –respondió–. A lo mejor vota al que la ha ayudado a encontrar a su mamá y la ha traído al grupo.

—¿Quieres decir que me votará a mí?

—¿No lo habías pensado? –insinuó Belén, que siempre habla con doble intención.

Las personas que hablan con doble intención son las que parece que dicen una cosa pero luego quieren decir otra. O sea: que dicen dos cosas a la vez. El problema es captar las dos, y eso es lo que más trabajo me cuesta.

—Pues no, no lo había pensado –respondí.

—Entonces ¿no la has traído a propósito para tener un voto más?

Empezaba a comprenderla. Quería decir que había ayudado a Svenda para conseguir un voto más a mi favor.

—Pero si yo ni siquiera me he presentado. No soy candidato.

—Bueno, mejor así.

Y dicho esto, se adelantaron, dejándome solo con la cabeza hecha un lío. Anda, que si me llego a presentar como candidato...

Estaba anocheciendo. Las tiendas, las farolas y los coches habían encendido las luces. Siempre he pensado que por la noche la ciudad parece una verbena. Hay miles y miles de luces que se mueven, de todos los colores, de todos los tamaños... Todo un espectáculo.

# 7

Cuando llegamos a la esquina, Svenda se detuvo.

—Yo tener que ir a la casa mía –dijo.

—¿Es que no te caemos bien? –preguntó Lily–. ¿Es por culpa de Calderilla?

—No, no. No es eso. Es que tengo que hacer una recado –explicó–. Tener que ir ahora o haber problemas.

—¿A tu casa? ¿Vives lejos? –pregunté.

—No, poco lejos. A unos metros de allí... Al final del fondo de esa calle.

—¿Quieres que te acompañe? –me ofrecí.

—No ser necesario. Yo ir sola. Conozco camino.

Todo el mundo estaba callado. No sabían qué decir. Svenda tenía que irse a casa, eso era todo.

—Bueno, si se tiene que ir, que se vaya –dijo Jaime, que siempre dice cosas sin pensar–. No la podemos obligar a quedarse.

—Es mejor que la acompañe –dije–. Id al barrio, ahora vuelvo.

—No es necesario...

—Vamos –dije, agarrándola de la mano.

Svenda obedeció sin rechistar. La verdad es que utilicé la técnica de la doctora Martínez, que consistía en dar órdenes sin esperar la respuesta. Reconozco que tuve un poco de miedo a que me dijera que no la acompañara, pero eso no ocurrió. Simplemente obedeció.

El caso es que nos separamos del grupo y empezamos a caminar hacia su casa. En realidad, no sé por qué me empeñé en acompañarla, ya que no hacía falta. Ella conocía bien el camino.

Yo creo que eso lo he leído en los tebeos del Capitán Trueno. Él nunca deja solas a las chicas. Aunque tengan que cruzar solamente un río sin peligro ni nada, a él le gusta acompañarlas. Son cosas de aventureros.

Bueno, la verdad es que había otro motivo y lo voy a contar: estaba deseando conocer su casa. Tenía curiosidad por saber dónde vivía. Esa es la verdad. Aunque lo otro, lo de portarme como un aventurero, también tenía que ver.

Un rato después llegamos al final de la calle. Solo se veía un viejo y gran edi-

ficio que parecía una fábrica abandonada.

—¿Estás segura de que vives aquí?
–pregunté.

—Claro, no ser una niña tonta que no
sepa dónde vive –respondió–. Seguir a
mí...

Anduvimos unos metros y, en pocos
minutos, llegamos al edificio. Entonces
me di cuenta de que tenía todos los cris-
tales rotos.

—Aquí es –dijo–. Esta es mi casa.

Efectivamente, dentro había algunos
muebles y varias personas se movían en
su interior. Una radio encendida emitía
una música que no me sonaba de nada.
Creo que era rusa o algo así.

—¿Vives aquí? –pregunté extrañado–.
Esto no es una casa.

—Sí es una casa. Es la mi casa –respondió Svenda.

—Oh, sí, claro, perdona...

Una mujer muy rubia y muy gorda salió y saludó a mi amiga.

—¡Svenda! ¿Qué haber pasado con tu mamá? –preguntó.

—Tener una niña. Una niña muy guapa –explicó Svenda–. Estar muy contenta.

—Oh, eso estar bien. Poner contentos a todos –comentó la mujer.

—Yo venir a ver si Trishka estar bien –dijo–. Mamá preocupada por él. Voy a preparar su cena.

—Bueno, pero no hagas mucho ruido. Antón estar todavía dormido. Estar muy cansado.

Después, se pusieron a hablar en su idioma y no comprendí absolutamente nada. Lo que sí sé es que la señora le preguntó quién era yo y Svenda le explicó que era un amigo que la había ayudado. La mujer me dirigió una sonrisa y me hizo señas para que pasara.

Sé lo que hablaron porque Svenda me lo explicó más tarde. No es que sea adivino ni nada de eso.

Entré con Svenda en el local... O en la casa. Tuve cuidado de no tropezar con las cosas que había por el suelo. En un rincón había un niño sentado en un viejo sofá medio roto, al lado de una lámpara. Hojeaba un viejo tebeo y se levantó cuando reconoció a Svenda.

Se pusieron a hablar en su idioma y yo permanecí callado. Esperé tranquilamente a que terminaran. Luego, el niño me dio la mano y dijo algo que no comprendí.

—Darte las gracias por tu mi ayudar –tradujo Svenda–. Preguntar tu nombre.

—Maxi, me llamo Maxi –dije.

—Mansi...

—No, no... ¡Maacsii!

—Mancshiiii... Bonito... Mancshiiii...

—Bueno, sí, más o menos...

Svenda se rió un poco de mí al ver que no era capaz de pronunciar bien mi nombre...

—Y tú, ¿cómo te llamas? –pregunté.

—Trishka –respondió cuando Svenda le tradujo mi pregunta.

—Trichsca... Bonito nombre ruso. Sí, señor.

Trishka me hizo señas para que me sentara en el sofá roto. La escena era igual que en las películas de indios, cuando el jefe invita al forastero a sentarse para fumar la pipa de la paz. Era igual pero sin pipa.

Me disponía a decirle a Svenda que tradujera una cosa que quería preguntarle a Trishka cuando, justamente en ese momento, Svenda dijo:

104

—Voy a preparar cena de Trishka. ¿Quiere cenar tú también?

—Oh, no, no es mi hora. Yo ceno más tarde, en casa, con mis padres. Muchas gracias.

—Nosotros cenar temprano. Trishka un poco débil, por eso yo venir a ocuparme de él.

Svenda se levantó y se acercó a una pequeña cocina de gas butano y la encendió. Entonces, al fondo, una sombra grande se movió y un hombre se puso en pie mientras tosía.

La mujer, al oírle, entró rápidamente y se acercó a él.

—¿Estar bien? –le preguntó.

El hombre contestó en su idioma y no fui capaz de comprender lo que decía, aunque yo creo que respondió que sí. Tenía una voz ronca y no parecía contento. Se levantó y salió afuera.

—Es Antón –dijo Svenda, acercándose con un plato en la mano–. Ser el marido de ella. Es nuestro tío...

—Ah, ya, comprendo –dije.

Ya sé que fue una tontería decir eso, porque no había nada que comprender. Pero es que me quedé un poco sorprendido cuando vi lo que Svenda traía.

—Trishka, aquí está tu cena –dijo tranquilamente Svenda.

—Gracias –respondió Trishka–. Tener hambre hoy.

Miré asombrado el plato que el niño acababa de coger: había una patata asada. Caliente y humeante, pero sola. Parecía perdida en el plato.

—Hace frío, ¿verdad? –dije para disimular.

—En Rusia hace más frío que aquí –dijo Trishka–. Mucho frío.

Svenda, que se dio cuenta de que no dejaba de mirar la patata, me preguntó:

—¿Querer cenar? Queda otra patata.

—¿Otra? ¿Te queda otra patata?

—Si tú querer, yo dar.

—Y tú, ¿no vas a cenar?

—No importa. Si tu querer, yo dar a ti.

—No, gracias –dije–. Yo cenaré en casa.

Antón entró de nuevo y se sentó en el borde de su cama, que en realidad era un colchón en el suelo. La mujer se acercó y le dio un bocadillo aunque no pude ver de qué era.

—Antón ser vigilante de este sitio. Trabaja de noche y duerme de día.

—Ya, por eso vivís aquí –dije.

—Claro, el dueño deja a nosotros vivir aquí y tío Antón vigila.

Entonces lo comprendí todo: Antón era el vigilante de la fábrica abandonada y ayudaba a la familia de Svenda.

—¿Tu padre no vendrá?

—Padre venir dentro de poco tiempo. Nosotros muy contentos cuando venir.

Se me ocurrió pensar en mi padre. Si me separase mucho tiempo de él, me moriría.

—Nosotros poder marchar –dijo Svenda–. Trishka estar bien.

—Bien, pues vámonos.

Nos despedimos del tío de Svenda y de su mujer. Trishka, que había terminado de comer, nos acompañó unos metros para despedirse de nosotros.

—Tú ser muy valiente –me dijo–. Gracias por ayudar a Svenda.

—Ella es una buena chica –dije–. Y tú también. Ya nos veremos.

—Adiós, Macshiii...

—Adiós, Trischckaaaa –dije.

Unos minutos después, Svenda y yo estábamos de nuevo en la calle Reina Victoria.

—Ahora yo acompañar a ti.

—No, no hace falta –dije–. De verdad que...

—Sí, yo quiera ver a tus amigos los Taburones...

Entonces me cogió de la mano, exactamente igual que yo había hecho con ella. Y no me quedó más remedio que seguirla, sin protestar ni nada, no fuera que encima me regañara.

—Oye, Svenda... ¿Siempre cenáis así? –pregunté un poco más adelante.

—Oh, sí. Siempre igual.

—Pero ¿desde hace mucho?

—Siempre cenar y comer lo mismo.

—¿Lo mismo? –exclamé.

—Más o menos. Depende de si hay o no hay...

—Pasarás hambre...

—Hambre ayuda a dormir –respondió.

110

—Ya, comprendo... –susurré, aunque, la verdad, no era capaz de comprender que una persona pudiera alimentarse con una patata al día.

Llegamos al barrio enseguida y desde lejos vimos a la banda de los Tiburones que nos esperaba con impaciencia.

Todo el mundo quería hacer el desempate y era urgente nombrar un nuevo presidente.

*8*

De repente, se me ocurrió una idea y se la planteé a mi amiga:

—Oye, Svenda, ¿quieres acompañarme a ver a alguien? –propuse.

—¿Amigos de ti?

—Sí, eso es, amigos. O mejor dicho: amiga –dije–. Tengo que hacer un recado. Será muy rápido y no tardaremos nada.

Cruzamos la calle para que los Tiburones no nos vieran. Era mejor. Si nos veían, seguro que venían con nosotros... Y eso no me convenía.

Caminamos un poco por Raimundo Fernández Villaverde y entramos por la primera calle a la derecha. Ahí estaba la librería de Julia.

Abrí la puerta y, como siempre, la campanilla sonó. Julia se encontraba atendiendo a una señora.

—Hola, Maxi –dijo la vendedora de libros al verme–. ¿Cómo estás?

—Bien, vengo con una amiga para que te conozca –expliqué.

—Hola, amiga de Maxi, ¿cómo te llamas? –preguntó Julia.

—Svenda. Me llamo Svenda.

—Svenda, esta es Julia, mi asesora de libros. Ella me recomienda los que me conviene leer –dije–. Sabe mucho de eso.

—Oh, sí. Si quieres comprar algún libro, ya sabes que puedes contar conmigo –dijo–. Los conozco todos.

—Julia, si no te importa, vamos a

echar una ojeada ahí al fondo. Estoy buscando algo especial.

—Oh, claro. Vosotros tranquilos. Que yo sigo atendiendo a la clientela.

Llevé a Svenda hasta una pared con muchas estanterías que estaban llenas de libros.

—Bueno –dije–. A ver si encuentro algo bonito.

—Aquí muchos libros. Muchos...

—Sí. Es una de las mejores librerías del barrio –repliqué–. Julia tiene todo lo que puedas imaginar. Es una buena librera.

Me subí sobre una banqueta y alcancé una estantería que estaba muy alta. Cogí algunos libros que me llamaron la atención.

—Mira, ¿te gustan? –pregunté a Svenda mientras se los enseñaba.

Los miró con atención. Abrió uno y

se quedó sorprendida: dentro había un desplegable de un castillo que se puso en pie. Era algo especial: había muchas torres y almenas y el efecto era muy espectacular. Al cabo de un rato de admirarlo, lo cerró. No dijo nada, pero me pareció que le gustaba.

Bajé de la banqueta y puse los libros encima. Svenda los miraba con ojos ávidos y le dije que podía abrirlos si quería. Con mucha delicadeza, igual que cuando cogió a su hermanita, abrió el que estaba encima. Y empezó a sonar música y una voz de mujer empezó a hablar. Era un libro-cuento, de esos que tienen la voz grabada:

*Caperucita roja caminaba tranquilamente por el bosque cuando el lobo se acercó y le preguntó:*

*—¿Adónde vas, Caperucita?*

—*A casa de mi abuelita –respondió ella.*

—*Si quieres, puedo acompañarte...*

—*No hace falta, sé ir sola –respondió la niña.*

*Entonces, el lobo le aconsejó que tomara el camino del Norte y...*

Svenda cerró el libro y me dijo:

—Es magia. Nunca he visto un libro que habla.

—Son cosas modernas. Algunos tienen imágenes que se mueven –expliqué–. Mira.

Cogí un libro muy grande y lo abrí. De las páginas centrales emergió un enorme barco que, cuando yo tiraba de una lengüeta, parecía moverse sobre las olas... Svenda estaba asombrada.

—¡Es magia!

—Bueno, casi –expliqué–. Los libros son muy mágicos. Están llenos de cosas bonitas. ¿Te gustan?

—Claro. Me gustar mucho a mí –dijo con voz emocionada–. Me gustar.

Miramos algunos más y pasamos un buen rato. Svenda estaba maravillada. Creo que nunca había visto nada igual.

Aparté dos cuentos que me parecieron muy bonitos y volví a colocar los demás en la estantería. Después, me acerqué a Julia, que estaba atendiendo a otra señora que iba con su hijo, y esperé a que terminara.

—Julia, me voy a llevar estos dos –dije cuando me atendió.

—¿Te los llevas así o te los envuelvo? –preguntó.

—¿Puedes envolverlos para regalo? –dije.

Me miró con una sonrisa y los puso sobre el mostrador. Cogió una bonita hoja de papel y, después de doblarla cuidadosamente, envolvió un libro como si se tratase de algo muy preciado. Después, sacó una cinta de color e hizo un lazo espectacular y, para terminar, lo selló con una etiqueta dorada. Quedó un paquete maravilloso. Luego, hizo lo mismo con el otro libro.

—Envolver libros es un arte –dijo al terminar–. Siempre me he preocupado de que parecieran regalos importantes. Ya verás cómo les va a gustar a las personas a quienes se lo vas a regalar.

—Eso espero. Bueno, solo me queda pagar... Pero no sé si tengo bastante dinero –me excusé.

Julia, que me conoce desde hace tiempo, dijo:

—Bueno, no hay problema, vienes mañana y me pagas.

—Sí, mañana te pago. Muchas gracias. Ya sabes que puedes confiar en mí.

—Lo sé. Siempre cumples tu palabra, por eso me fío –comentó.

Cogí los dos libros y le dije a Svenda que ya podíamos irnos.

—Adiós, Svenda –se despidió Julia–. Vuelve cuando quieras.

—Adiós, Julia –respondió–. Yo venir a verte. Eres mucho simpática.

Abrí la puerta y la campanilla volvió a sonar. Svenda y yo salimos justo cuando dos señoras entraban.

—Vámonos deprisa –dije–. Los demás deben de estar impacientes. A lo mejor se creen que nos han secuestrado o algo así.

—¿Secuestrado? –preguntó sorprendida–. No entender.

—Bueno, sí, que ha venido un hombre malo y nos ha llevado a la fuerza para pedir rescate por nosotros.

—¿Rescate?

—Dinero. Un rescate es cuando te cambian por dinero, ¿entiendes?

—¿Nosotros valer dinero?

—Mmmmm... Pues, sí. Nosotros valemos mucho dinero. Muchísimo.

—¿Y quién pagar?

—Pues, nuestros padres... o la policía. No sé, supongo que alguien pagaría por nosotros.

—Yo no valer...

Me detuve ante ella y le cerré el paso. Ella se paró también y me miró fijamente.

—No digas eso, Svenda; tú vales mucho. Mira, para demostrártelo, quiero hacerte un regalo... Bueno, dos.

—¿Dos regalos?

—Sí, uno para ti y otro para Trishka –expliqué–. Aquí los tienes.

Ella cogió los libros casi sin darse cuenta.

—¿Para Trishka y para Svenda?

—Sí, son para vosotros –dije–. Es un regalo de Maxi.

Me miró sorprendida. Muy sorprendida.

—Oh, gracias... Nadie hace regalos a nosotros. Maxi buena persona...

—Bueno, no tiene importancia. Es para... celebrar que has tenido una hermanita.

Estaba tan emocionada que, por un momento, pensé que se iba a poner a llorar. Así que reaccioné con rapidez:

—Venga, vámonos, que los Tiburones deben de estar hartos de esperarnos.

La agarré de la mano y salimos corriendo hacia nuestros amigos, que, efectivamente, nos estaban esperando.

# 9

DESPUÉS de saludarnos, decidimos que era hora de elegir un nuevo jefe. Calderilla se preparó para hablar con todos nosotros.

—¡Atención! –gritó, aunque nadie le hizo caso–. ¡Que todavía sigo siendo el jefe!

Poco a poco, algunos se fueron callando. El problema es que todos escuchaban a Svenda que, al parecer, les estaba contando historias de su país.

—Lo mejor es votar otra vez. Ahora, con Svenda, el empate es casi imposible.

Pero si alguno vota en blanco y hay empate otra vez, las elecciones se anulan y yo sigo siendo el jefe... Hasta que se convoquen de nuevo... Que será el año que viene, por lo menos –explicó Calderilla.

—De eso nada, monada –protestó Belén.

—Ni hablar del peluquín –protestó casi a la vez Lily.

Otros también protestaron. Querían elegir un nuevo jefe y no había excusas para retrasarlo.

—Bueno, pues vamos a empezar otra vez –dijo Calderilla–. Y Svenda, que es étnicamente diferente, como yo, también tiene derecho al voto. Venga, Maxi, tú te ocupas de contar los votos... Y sin trampas, ¡eh!

No me quedó más remedio que dar instrucciones:

—Ya sabéis lo que tenéis que hacer:

poner un nombre en un papel. Luego me los entregáis y yo los leeré. El que consiga más votos, será presidente.

—O presidenta –dijo Lily.

—Claro, puede haber un presidente o una presidenta.

Hubo un momento de silencio que me hizo creer que me habían entendido, pero estaba equivocado.

—Oye, ¿y qué tal si votamos en directo? Sin papel ni nada –propuso José Montero–. Que cada uno diga el nombre de su candidato y ya está, es mucho más sencillo.

—¿Quieres que tengamos problemas entre nosotros? –dijo Calderilla–. Pues esa es la mejor forma de que nos liemos a tortazos. Yo soy muy demócrata y aguantaré bien que alguno no me vote, pero conozco a otras que no lo llevarían tan bien...

Calderilla tenía razón. Si la votación se producía de esa manera, habría muchos problemas.

—Lo que dice Calderilla es verdad –dije–. El voto es personal y secreto. Sobre todo, secreto. Por eso vamos a utilizar el sistema de la papeleta... Y no se hable más.

Esta vez no hubo protestas. Todo el mundo había comprendido que no había que enemistarse con otros por un voto, así que aceptaron votar en secreto y por escrito. Algunos hicieron grupitos para intercambiar ideas, mientras otros escribían en solitario el nombre de su candidato.

Un poco después, me entregaron los papeles doblados.

Le pedí a José Montero que hiciera un cuenco con sus dos manos y los puse todos dentro.

—Bueno, ha llegado el momento de conocer el resultado –anuncié–. Espero que no haya empate, y no quiero oír una sola queja, que estas elecciones han sido muy limpias. ¿De acuerdo?

Entonces, Svenda comenzó a llorar.

—¿Qué te pasa? –le pregunté, temiendo que tendríamos que empezar de nuevo.

—Pues... que es la primera vez que voto... y estoy yo muy mucho contenta –dijo–. Por estar con vosotros, por votar... Mucho contenta...

Lily y Belén se acercaron a ella y le dieron algunos besos y la mimaron hasta que dejó de llorar.

—Tranquila, nosotras también votamos por primera vez –susurró Lily.

Cuando parecía que todo estaba en orden y preparado para empezar la lectura, una voz volvió a interrumpirme:

—¡Viva Maxi! –gritó Calderilla.

—¿Y eso a qué viene? –pregunté.

—Pues viene a que eres un tío fenomenal –dijo Calderilla.

—¡Viva Maxi! –gritaron todos, animados por él.

—Sí –dijo Lily–. Te mereces eso y mucho más.

—Claro que sí –dijo José Montero–. Eres un gran chico y tienes buen corazón.

—Eres buena persona –dijo Svenda.

Estaba tan emocionado que me temblaban las manos y me faltó poco para ponerme a llorar.

José Montero extendió sus manos, que contenían las papeletas dobladas.

—Venga, ábrelas –ordenó.

Cogí una al azar, la abrí y dije en voz alta:

—¡Maxi!

Y seguí abriendo votos:

—Maxi... Maxi... Maxi... Maxi... Maxi... Belén... Maxi... Maxi...

Ya no me quedaban palabras. No sabía qué decir. Era una pasada.

—Anda, Jaime, ahora no dirás que no se te ha visto el plumero –dijo el pequeño Montero, que tiene la habilidad de decir las verdades de forma que parezcan bromas.

—Oye, yo voto a quien me dé la gana –se defendió el pobre Jaime.

—Pues podías haber votado como todos los demás –le reprendió Belén–. Que no te enteras.

Todo el mundo se rió.

—¡Un momento! –dijo en ese momento Calderilla–. Quiero decir algo.

Todos le miraron mientras se ponía de puntillas.

—Todos sabéis que quería ser de nue-

vo el jefe de la banda de los Tiburones de Cuatro Caminos. Pero no ha podido ser. Ha ganado Maxi... Y quiero decir que me alegro de que haya ganado. Es el mejor jefe que podíamos tener.

Se acercó y me dio un tremendo abrazo. Con palmadas en la espalda y todo eso. Toda la banda estaba atónita.

—¡Viva Maxi, el jefe de los Tiburones! –exclamó, levantando mi brazo derecho.

Y, ante mi asombro, todos se pusieron a aplaudir. Lily, Belén, los Montero... Incluso Jaime, que quería con toda su alma que Belén fuese la jefa de la banda. Aplausos fuertes, con gritos de alegría y todo lo demás.

Algo increíble e inesperado.

Esperé a que terminasen de aplaudir, pero fue Calderilla quien les pidió silencio.

—Un momento... Maxi quiere hablarnos –dijo.

—Queridos amigos... Estoy emocionado. Estoy asombrado y, sobre todo, agradecido –dije cuando se callaron–. Yo... No entiendo lo que ha pasado. Ni siquiera me he presentado como presidente... Y me habéis votado todos... o casi todos.

Belén lanzó una miradita de reproche a Jaime.

—Estoy alucinado. No tengo palabras para agradeceros lo que acabáis de hacer –continué–. No sé qué decir...

—No tienes que decir nada –exclamó Lily–. Eres presidente porque te lo has ganado.

—Sí, por méritos propios –comentó José Montero–. Eres un gran tipo.

—Maxi ser bueno –dijo Svenda–. Buena persona.

132

—No hay que exagerar –insistí–. Vosotros también sois buenos... y buenas...

—Ya, pero nadie ha hecho lo que tú –anunció Emilio, que hasta ahora no había dicho nada.

—¿Y qué he hecho yo? –pregunté un poco sorprendido.

—Pues traer a un montón de gente a esta banda –dijo Lily–. ¿Quién ha traído a Calderilla?

—¡Maxi! –exclamaron todos.

—¿Quién ha traído a los hermanos Montero? –gritó otra vez Lily.

—¡Maxi! –repitieron.

—¿Quién ha traído a Svenda? –insistió Lily.

—¡Maxi!

Otra vez aplaudieron.

—¿Lo ves, tonto? –dijo Lily–. Te lo mereces más que nadie. Bueno, no sé si más que yo, pero hemos decidido que eres el mejor jefe de todos.

—Sí, el mejor. Mejor que yo incluso –explicó Calderilla.

Y aplaudieron otra vez. Aunque ahora no sé si los aplausos iban dirigidos a Calderilla y a Lily por ser tan buenos perdedores.

No sabía qué decir. No había caído en la cuenta de que, efectivamente, yo había traído a los cuatro que habían nombrado. Aunque no sé si eso era un mérito. No estoy seguro.

—¿Has visto? –dijo Lily–. Lo hemos hablado y hemos llegado todos a la conclusión de que tú debes ser presidente.

—Yo, no sé qué decir...

—No tienes que decir nada. Solo tienes que ser el jefe. Lo demás es cosa nuestra. No te preocupes, yo me ocupo de todo.

Se me hizo un nudo en la garganta al oír sus palabras. No quise ni pensar que

134

me habían votado para que ella... ¡Dios mío!

—Entonces, ¿todo ha sido cosa tuya? –dije con la voz temblorosa.

—Nooooo... Ha sido cosa de todos –respondió.

—Es verdad –dijo Calderilla–. Todos queremos que seas el gran jefe.

Estaban tan empeñados que no iba a discutir. Si tenía que ser el jefe, pues sería el jefe. A ver qué remedio.

—Supongo que tendrás un programa, ¿verdad? –preguntó Belén.

—¿Programa? ¿Yo?

—Pues claro. Un jefe debe tener un programa.

—No tengo nada preparado –contesté–. Es que esto me ha pillado de sorpresa y...

—Ya, claro, pero ahora tendrás que preparar algo –insistió.

Siempre me pasa lo mismo: las cosas me cogen por sorpresa.

Svenda se acercó, acompañada de Lily.

—Maxi, Svenda dice que tiene que irse. Ya es tarde y debe volver a su casa.

—Oh, claro, se ha hecho muy tarde. ¿Quiere que la acompañemos?

—No, poder ir sola. Conozco camino –dijo Svenda.

—Ni hablar, yo la acompañaré –se ofreció Calderilla–. No tengo otra cosa que hacer.

—Esa es una buena idea, sí señor –dijo Lily–. Por fin haces algo útil

—Me da igual que me provoques –respondió Calderilla–. No conseguirás que me enfade. Ya no quiero ser presidente, así que no me voy a poner nervioso por nada.

—Me parece bien que la acompañes –dije.

—Conmigo estará segura –afirmó.

Svenda se acercó y me dio un beso en la mejilla.

—Te has portado mucho bien con mí –dijo ella–. Merecer ser el jefe de la banda... Y banda merecer un jefe como tú. Bien para todos.

—¿Volverás a vernos? Podrías venir mañana a jugar con nosotros. Estamos aquí todos los días, incluso los domingos.

—No saber cuándo, pero seguro que venir a jugar con vosotros. Ahora ser mis amigos y quierer mucho. Adiós... Gracias por regalos.

Vimos cómo se marchaban juntos. Verla acompañada de Calderilla me tranquilizó. Estaba seguro de que no le pasaría nada.

—Bueno, creo que es hora de regresar a casa –dije.

—Oye, ¿no nos vas a dar instrucciones ahora que eres el jefe? –preguntó Jaime.

—Bueno, no sé... Si queréis, os diré que vamos a organizarnos para pasarlo mejor: visitaremos bibliotecas, iremos al cine juntos, leeremos tebeos...

—¿Y algo para divertirnos? –preguntó Belén.

—Pues, podemos leer libros juntos, intercambiar cromos...

—¿Y tomar pizzas con *coca-cola*? –propuso Emilio, que siempre piensa en zampar.

—También –dije.

—¿Y jugar al escondite? –dijo el pequeño Montero.

—¿Y pasear por el barrio y conocer otros niños? –preguntó Lily.

—También podríamos comprar unos petardos y...

—¡De eso nada! –dijo Belén–. No estamos en guerra.

—Bien, pues ya tenéis instrucciones –dije–. Mañana seguiremos hablando, que yo me tengo que marchar.

—Espera, que te acompaño –dijo Lily–. Yo también tengo que irme.

—Vale, pero no subiremos en el ascensor –le expliqué.

Sonrió maliciosamente, como dándome la razón. O sea, como siempre que se sale con la suya.

Entonces, un poco antes de llegar al portal de mi casa, cuando los demás no podían vernos, me dio un beso en la mejilla y me dijo aquello de que era valiente... y generoso. Os juro que lo hizo.

# 10

Llegamos al portal de nuestra casa y nos encontramos casualmente con mis padres que volvían de la compra, cargados de bolsas. Plácido les estaba ayudando a descargar el coche.

—Oye, Lily, súbete si quieres, que yo me quedo a ayudarlos –le dije.

—Pues yo también me quedo –contestó–. Me gusta ayudar a la gente.

Nos acercamos y mi padre me saludó.

—Hola, Maxi, ¿qué tal te ha ido con tus amigos los Turroneros?

—Tiburones, papá, Tiburones...

—Ah, eso, los Tiburones... Oye, ¿puedes ayudar a tu madre?

En ese momento, mamá estaba sacando unas pesadas bolsas del maletero y las estaba pasando canutas. Me acerqué y cogí un par de ellas.

—Hola, mamá... déjame que te ayude.

—Hola, hijo... Gracias –respondió–. ¡Cómo pesan estas bolsas!

—Se han traído ustedes casi todo el supermercado –dijo Plácido, acercándose en ese momento.

—Bueno –dijo papá–, es que así no tenemos que ir todos los días. Además, es mejor tener siempre la nevera llena.

—En eso tiene usted razón, sí señor –dijo Plácido–. ¡Cuánto más llena, mejor!

Lily ayudó a papá y entre los cinco acabamos rápidamente de descargar. Lo dejamos todo en el portal.

—Esperad un poco mientras voy a aparcar el coche –dijo papá–. Así subimos juntos... No tardo nada.

—Mientras tanto, nosotros vamos poniendo las cosas en el ascensor –dijo mamá.

—No sé si cabrá todo –comentó Plácido–. Son muchas bolsas.

—Sí –dijo mamá–. Nos hemos pasado.

—Con todo esto pueden alimentar a un regimiento.

—Pues ahora que Maxi es el jefe de los Tiburones, tendrá que comer más –dijo Lily–. Hay que estar fuerte para ser jefe.

—¿Te han nombrado jefe de la banda de los Tiburones? –dijo mamá, muy orgullosa.

—Pues sí. Pero yo no me había presentado. Ha sido una casualidad –dije con mucha modestia.

—No, no ha sido casualidad –intervino Lily–. Ha sido porque lo hemos organizado Belén y yo. Hemos preferido que Maxi saliera presidente porque se lo merece. Es el mejor chico del grupo, es muy bueno...

Escuché sus palabras con asombro. No sabía qué decir, no sabía qué hacer.

—...y muy listo –añadió–. Por eso le hemos nombrado presidente.

—¿Ah, sí? –dijo mamá con satisfacción.

—Claro. Además, es el que más niños y niñas ha traído a la banda. Siempre trae a gente nueva, sobre todo minorías étnicas y eso...

—Oye, que los hermanos Montero no son ni minorías ni étnicos –dije.

—No, pero son de otro barrio. Y aunque parece igual, pues no es lo mismo –insistió–. Lo que cuenta es que siempre trae gente nueva. Fíjese, hoy ha traído a una niña rusa...

Lily es amiga mía y la quiero, pero a veces le cortaría la lengua.

—Svenda es una niña rusa que acaba de tener una hermana que ha nacido en este barrio –expliqué–. O sea, que ya no es tan étnica ni nada de eso.

Mamá me miró con una sonrisa.

—Me siento muy orgullosa de ti, hijo –dijo finalmente.

—Y yo también –dijo Lily–. Por eso quería que le nombraran presidente.

—Sí, Maxi es un buen chico. El otro día me regaló una novela de las que me gustan –dijo Plácido.

Papá entró en ese momento y se unió a la conversación.

—¿Ya habéis metido las bolsas en el ascensor?

—Sí –respondió Plácido, pero no van a poder subir todos juntos.

Papá se quedó pensando durante un momento hasta que al final dijo:

—Bueno, subiremos en dos grupos.

—Eso es –dijo mamá–. Primero subis Maxi y tú y luego subimos nosotras.

—Buena idea –dijo papá–. Los hombres primero.

—Eso, los hombres primero –repitió mamá.

—Sí, las mujeres después –insistió Lily.

No estoy muy seguro, pero me pareció que se guiñaron un ojo.

Era la primera vez que decían una cosa así: los hombres primero.

Era extraño. Hasta en el Titanic, cuando se estaba hundiendo, todo el mundo decía justamente lo contrario: ¡Las mujeres primero, las mujeres primero! En fin, lo que digo siempre: que no hay quién entienda a las chicas.

Papá y yo entramos en el ascensor, y subimos con las bolsas de la compra.

—Papá, me han nombrado jefe de la banda de los Tiburones –le dije.

—¿Ah, sí? Pero eso es magnífico –comentó–. Siempre dije que tenías madera de líder.

—Bueno, en realidad me han hecho presidente por otro motivo –expliqué–. Creo que ha sido una manipulación de Lily.

—¿Y eso qué tiene de malo? Si no te lo merecieras, no te habrían nombrado, ¿no crees?

—No sé, no estoy seguro –dije.

—Pues eso, hijo, no le des más vueltas. Eres el presidente y ya está.

Yo sé que papá me quiere, pero no sé si me comprende.

Cuando el ascensor llegó, abrimos la puerta y empezamos a sacar las bolsas para que mamá y Lily pudieran subir más cómodamente. Creo que fue entonces cuando comprendí el significado de la frase "los hombres primero"... Sí, tengo que reconocer que son muy listas...

Después, las metimos en casa y ya estábamos guardando algunas cosas en el frigorífico cuando apareció mamá.

—Hola, chicos –dijo al entrar–. Ya veo que os habéis adelantado y estáis organizando las cosas de comer. Eso está bien.

—¿Cómo has tardado tanto en subir? –preguntó papá.

—Bueno, es que me he quedado un rato hablando con Lily –respondió.

—¿Y qué te ha contado? –pregunté, con bastante inquietud.

—Un poco de todo. Parece que te han nombrado jefe de los Tiburones por méritos propios. No conocía yo esa faceta tuya de conocer gente nueva e incorporarla a tu grupo de amigos –comentó.

—Es que, bueno, yo creo que es un poco por casualidad –respondí.

—Ya, también. Dice Lily que eres muy modesto y algo tímido. Dice que deberías espabilar, pero que ya se ocupará ella de eso. ¿Qué opinas?

—Pues... que a lo mejor tiene algo de razón. No soy muy atrevido en las cosas de la vida –expliqué–. Ojalá pueda ayudarme.

Eso es lo que le he dicho, pero no estoy seguro de que fuera eso lo que pensaba.

—Bueno, creo que ya es hora de comer algo –dijo mamá–. ¿A quién le toca hoy preparar la cena?

—¡Creo que a mí! –exclamó papá–. He traído unos lenguados que os vais a chupar los dedos.

—Hombre, eso está muy bien. ¿Podrías preparar un poco de ensalada? –pidió mamá.

—Claro que sí... Maxi, ¿quieres algo especial para ir haciendo boca: un poco de paté de campaña, espárragos, anchoas...?

—¿Puedo pedir algo para mi cena? –dije.

—Pues claro... Claro que sí –respondió papá.

—Bueno, pero no me gusta que comas mucho por la noche. No es bueno para la digestión –comentó mamá.

—Déjale que pida lo que quiera –protestó papá–. Esta noche cocino yo, así que no hay problema.

Me lo pensé un poco antes de hablar. No estaba seguro de que fuesen a estar de acuerdo.

—Pues me gustaría... comer... una patata hervida.

Silencio.

—¿Con el lenguado? Pues claro, le pondremos un poco de mantequilla y perejil y ya verás como...

—No, sin lenguado, sin mantequilla ni nada... Solo la patata –dije.

Silencio.

—¿Qué dice? –preguntó mamá desde la otra habitación.

—No sé, no estoy seguro –respondió papá–. Explícate mejor, hijo.

—Solo quiero una patata hervida.

—¿Estás enfermo? ¿Te encuentras mal?

—¿Qué dice? –gritó mamá.

—Nada, yo creo que le duele un poco el estómago –respondió papá.

—No –dije–. Estoy bien, de verdad... Pero esta noche solo me apetece eso... Una patata.

Mamá salió en ese momento de la habitación y me miró como a un bicho raro.

—¿Pero qué manía es esa? A tu edad hay que comer más, si no no crecerás –dijo.

No respondí para que no se enfadara. Yo sé cuando no conviene contestar.

—¡Una patata hervida! –se lamentó papá–. Con las cosas tan ricas que he traído... ¡Ver para creer!

—Bueno, no seas tonto –dijo mamá–. Si quiere una patata, pues se la pones y ya está. Mañana comerá más, ¿verdad, Maxi?

—Sí, mamá –respondí.

—Bien, pues mientras papá prepara la cena, tú y yo vamos a poner la mesa –propuso.

En mi casa estamos bien organizados. Cada uno sabe lo que tiene que hacer y entre todos nos lo montamos bien. Unos cocinan y otros ponen la mesa, así tocamos a menos trabajo. Lo llamamos organización familiar.

Un poco después, estábamos sentados alrededor de la mesa, dispuestos para cenar.

—¿De verdad no quieres un poco de pescado? –insistió papá.

—No, gracias. Solo quiero...

—Sí, ya lo sé: solo quieres la patata hervida.

Fue a la cocina y volvió un poco después con un plato en el que había una patata solitaria. Estaba caliente y echaba un poco de humo. Papá me la puso delante y se sentó.

—¿Quieres que te ayude a pelarla? –dijo mamá.

—Oh, no, creo que podré hacerlo yo solo –respondí.

Cogí el cuchillo y el tenedor y, con

mucha paciencia, empecé a pelarla. Conseguí que quedara limpia y blanca, como una pequeña pelota. Al verla ahí, sobre mi plato, tan indefensa, sentí un poco de pena por ella... Y por los que se alimentan con una cosa tan pequeña.

—Podrías tomarla con un poco de sal, te ayudará –dijo mamá, acercándome el salero.

La corté en rodajas con el cuchillo. Cogí la primera, le eché un poco de sal y me la comí. No sabía a nada especial y no sé si me gustó. Con cada mordisco que daba, me acordaba de Svenda, de su madre, de su hermanita, de su historia...

Seguí comiendo hasta que la acabé. No puedo asegurar que me quitara el hambre pero algo hizo. Creo que jamás había tenido una experiencia como esa. Por primera vez en mi vida pensé en todas las personas de este mundo que se tienen que alimentar con una patata, cuando la tienen... Y me juré que seguiría adelante con mi idea de ser aventurero y recorrer el mundo para ayudar a los necesitados, que deben de ser muchos. Y compartir con ellos sus penalidades... Ojalá pueda ayudarles.

Por la noche, cuando me acosté, sentí un vacío en el estómago y mientras mis ojos se cerraban me acordé de las palabras de Svenda: El hambre ayuda a dormir. Y tenía razón, dormí profundamente.

*Si te ha gustado este libro, también te gustarán:*

## Maxi el aventurero, de Santiago García-Clairac

El Barco de Vapor (Serie Azul), núm. 58

Una tarde, Maxi recibe un encargo muy especial: tiene que ir a comprar el pan. Maxi es todo un aventurero y esta es la oportunidad de demostrarlo. En la escalera se encuentra con Lily...

## Maxi y la banda de los Tiburones, de Santiago García-Clairac

El Barco de Vapor (Serie Azul), núm. 79

La madre de Maxi se empeña en que su hijo se vaya con Lily para encontrarse con la banda de los Tiburones. Maxi no está muy convencido, cree que eso va a traerle complicaciones. ¡Y cuánta razón tiene!

## El Club de los Corazones Solitarios, de Ulf Stark

El Barco de Vapor (Serie Azul), núm. 90

A todo el mundo le gusta recibir cartas. Pero no todas las cartas son divertidas. A algunas personas solo les llegan facturas. Tor se pone a pensar en la gente que está sola y no tiene nadie con quien hablar. Y, de pronto, se le ocurre una idea estupenda: ¡hay que fundar el Club de los Corazones Solitarios!

# EL BARCO DE VAPOR

## SERIE AZUL (a partir de 7 años)